或許，我們所有偉大文學的閱讀
正是精神病歷的書寫
也未可知

我的強迫症

許悔之｜作者

一九六六年生，台灣桃園人，曾獲多種文學獎項及雜誌編輯金鼎獎，曾任《自由時報》副刊主編、《聯合文學》雜誌及出版社總編輯，二〇〇八年與友人創辦有鹿文化事業有限公司，並擔任總經理兼總編輯。著有散文《創作的型錄》《眼耳鼻舌》《我一個人記住就好》；詩集《陽光蜂房》《家族》《肉身》《我佛莫要，為我流淚》《當一隻鯨魚渴望海洋》《有鹿哀愁》《亮的天》等。

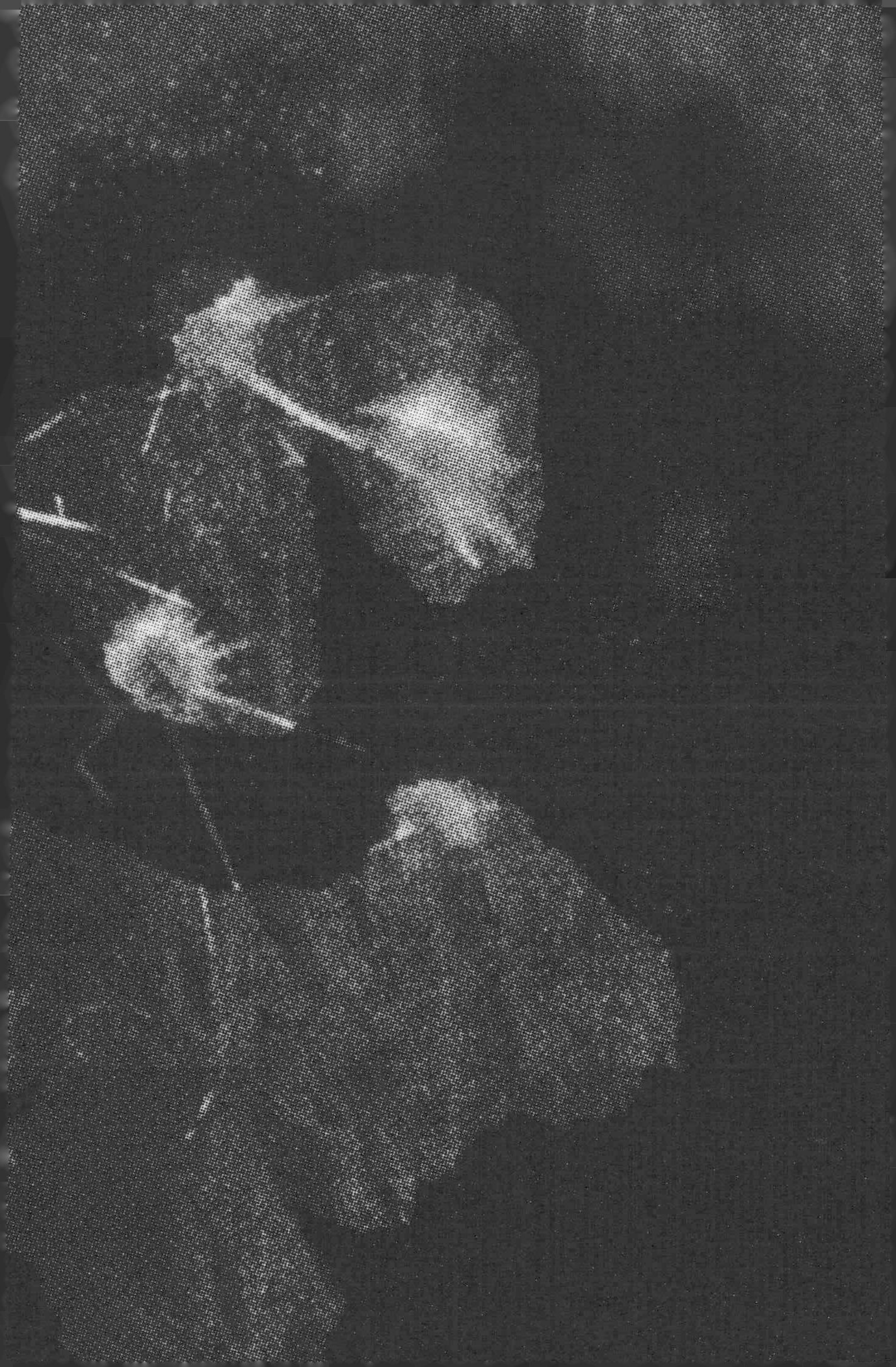

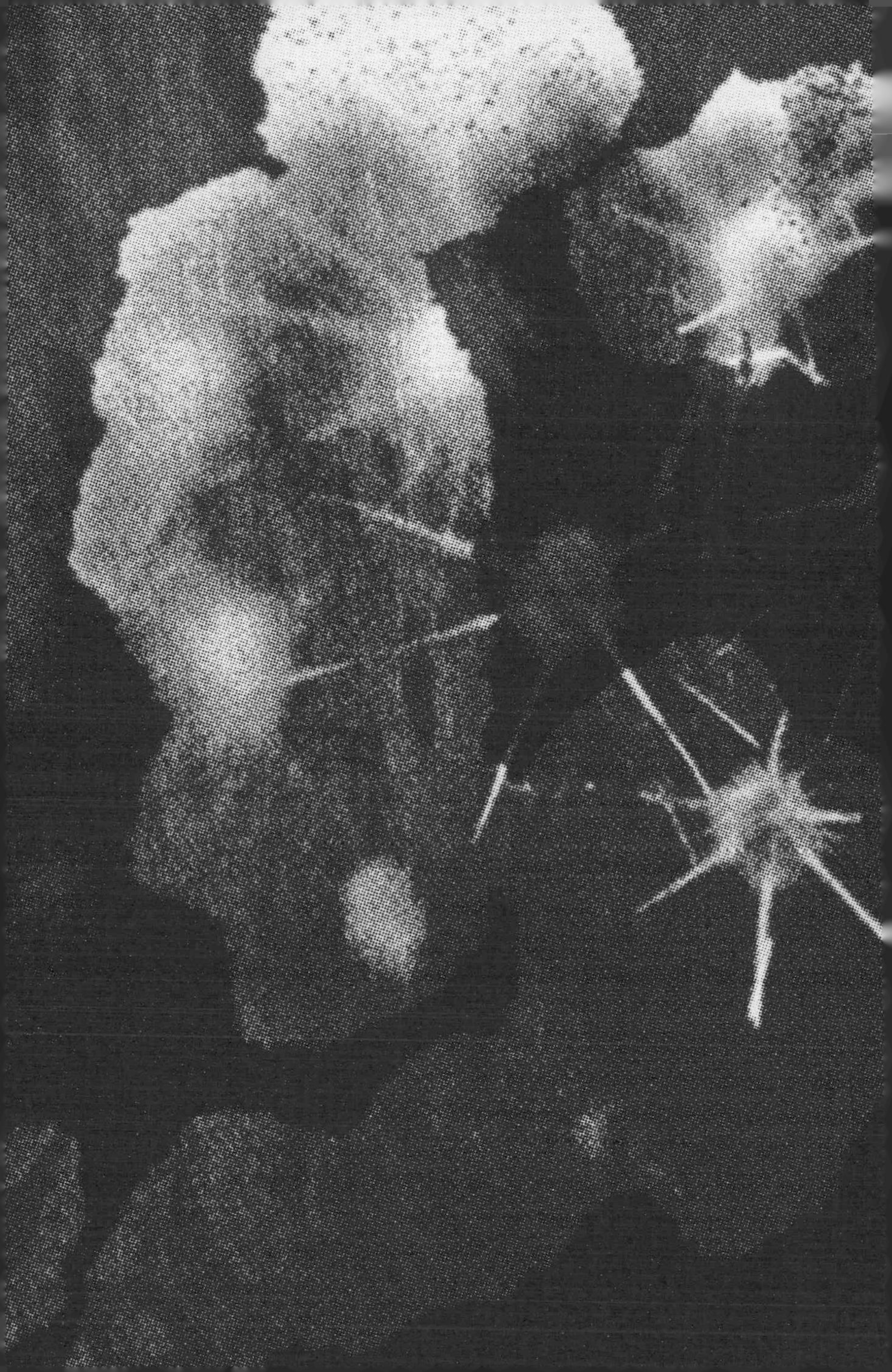

目錄

輯三　讓我用詩回答你

輯四　觀音的汗水

推薦序

提頭直上銀浦鹿苑

楊佳嫻

美麗與哀愁——並不特別。詩人對美敏感，愈美則代謝消融之時愈哀愁，情不自禁溫習，捕捉殘像，殘香——抒情詩人的共產。許悔之詩藝展現在如何處理美麗與哀愁，有系統地再三積累意象與口吻，且將個人生命片刻倏然接通廣袤時空，芥子原來就是宇宙。鹿，紫兎，銀狐，鯨，雲豹，都是他詩裡活躍的動物，星辰，霧，雪，海洋，雪原，都是他詩裡不厭其煩的設置；然後，總有那麼一雙眼睛，一把傾訴歔欷的聲響，如細索般兜攏全部。

書名叫《我的強迫症》，同名詩作裡說「我不斷的撥打電話／撥給來世／撥給前生／撥給今世的你」，書後卻又有幾首詩牽涉宗教的觀視，好用佛語，如「枯禪」、「說法」、「饑渴的餓鬼」、「頂禮」、「顛倒夢想」、「從地湧出百千億菩薩」等等。執念與道悟共同分享了詩，看似悖反，其實，執念是用心，道悟源於悲憫，二者乃風月寶鑑正反面，是「看見自己漂流／依舊流轉的六道／危脆的人身最為可貴若瓷瓶／而離別，就如同瓷瓶有了裂痕」。

有趣的是，許悔之詩中很少出現當代人造物。就《我的強迫症》來看，只有安眠藥物悠樂丁、炸彈、電視、催淚瓦斯、螢幕；電視出現五次，其他各一次。這些人造物恰可編織出一幅當代圖景，失眠、鎮壓與毀壞、電子媒介穿越地理界線的全球共時共感。以電視為例，五次分別出現在寫給小燈泡事件以及寫給翁山蘇姬的兩首詩內，均與時事相關。〈佛說如此〉所寫「我，一個妳永遠不會認識的／陌生人，在電視之前／在無窮無盡時空的剎那緣會裡／感到呼吸／如此接於虛空／虛空之中什麼也沒有／又彷彿無數的新星正在誕生／而為妳流淚」，正是當代詩人不同於過往的感知結構，隔著螢幕，隨電訊傳送，一個陌生人也能與遙遠那一端接上；「時空的剎那緣會」，古人隔著書頁摹想，思接千里，好像也能有類似感受，但是，電子媒介讓這種本是浪漫通感的「緣會」變得無比「真實」。

我更喜歡異樣感強烈的手筆。比如「觀音的汗水」這類意象。觀音寶相放光，重點在光而不在相，詩人卻提起菩薩的身體，好落實啊，而且還出汗——溼濡的觸感也是一種說法嗎？褻瀆神聖，總更有快感，可與鯨向海頌讚「雄壯的佛祖」的〈誘僧〉並看。

又好比〈提頭唱歌〉，這種詭譎畫面較不能在第一時間與讀者熟習的幻美許悔之相連，讀起來也更驚喜，「大塊大塊的雨／拋擲而下／像一把又一把／透明的刀／刀光與刀光之間／所有的神鬼／慌慌避走／有人／在雨中提著頭／唱歌」，雨勢凶猛如塊，體積重量陡增，加上「拋擲」，帶來壓力，旋即此一壓頂而下的塊壘凝縮變形為刀，以刀光寫水光，更見清寒。在此鋒芒而來的雨日，能讓神鬼避走的歌聲是什麼樣的歌聲？提頭唱歌，歌聲從拎著的頭發出來，還是從向天的脖頸裡發出來？詩末註明是擬長吉寫現代詩，為詩鬼代工，不帶著鬼氣那簡直怠工。另有擬李商隱寫現代詩，光色聲調都放軟，轉小，還噴了乾冰，務必隱約閃爍。此處可見許悔之如何理解李賀與李商隱。有趣的是，為義山代工，居然又提頭！只是這回，一顆頭變成轉接器，從唐詩接到《紅樓夢》，還與神話通電；「造化因之有了／輕輕的一聲嘆息」，造化何等大，嘆息何等輕，這種驟縮跳躍，即是詩的工夫。

推薦語

星空是詩人許悔之永恆的舞台，他將地上種種皆投影其間，時而是閃爍的眼、愛人的雀斑，時而是無窮的生命與死亡。星的明滅是尚待解讀的神諭，如果詩能做為解答，那必定是經歷鍛鍊的靈魂才能堅定地朝向發光處前去，並將星的祕密轉譯成詩句。——**夏夏（詩人）**

許悔之老師的作品敦厚而柔美，在夜裡散著淡淡光暈，溫和地照顧著他文字經過的每一處。——**陳繁齊（詩人）**

許悔之在詩中，不吝惜地展露了詩人做為「戀世者」的性格，世間的一詞一字，一物一街，一事一人，皆在他的詩行間，以最接近某種典型抒情風格的樣式，在多變幻的當代生活與網路世態裡，舉證一種純質書寫的可能性。某種程度上，他的詩甚至是寫實的、貼近地表的，凡曾留跡於其周遭的人事物，皆能

以詩為傳，眷戀不絕。——**崔舜華（詩人）**

要我給悔之先生推薦無疑是讓人羞赧的……睽違十多年，悔之先生的《我的強迫症》揉合迴旋的曲式，與恣意悠遊的豐美意象沉澱出前行輩詩人方能擁有的寬容與自在。……「一呼一吸／便是一劫了」，在詩的歲月裡，時間既是人生的推手，也是最溫柔的盜賊。——**羅毓嘉（詩人）**

《我的強迫症》讀來動人。許悔之在書中化身千萬，精神上是知其不可得，卻無法放棄的病者形貌：既為外物不可得而苦，又為內心柔軟卻無能為力而苦。讀他的大悲喜，一顆不忍人之心就此躍動在你我的心中。——**每天為你讀一首詩・少年阿 Ben（讀詩社群）**

從許悔之的作品，可窺見其澄澈的詩心。從童話觀的純善、同感於人世的社會關懷、到對美的追求與執迷，詩中常出現的動物意象，如鹿、狐狸、兔子，為這些色彩增添一抹魔幻，透過詩人善感的眼睛，在每個不同的切面，皆折射絢麗的斑斕。

——**晚安詩（讀詩社群）**

輯一　我的強迫症

願君長為上藥草，我是服藥說明書

一顆星

闃暗的夜裡
銀的閃光
密不透氣的銀箔
包裹住，我的身體在遙遠又遙遠的距離
依循不變的軌域
一顆無人覺察的星星
閃爍，好幾萬光年之後
終於照到你

你早入輪迴又輪迴
化身為一名天文學家
在遙遠的天際

發現一顆微弱的星星
像一個若有所思的祕密
且將之命名

好奇怪的名字啊
就叫做 You and Me
我美麗的銀的棺槨
依舊閃亮
在好幾萬光年之外
飄浮著，運行著
天明時，匿無蹤跡
夜來探身
探向你

雖然你一世又一世死了
雖然這一生
很快的你就要老去

末日幻覺

那時如此年輕
你不接電話
我就以為
末日來了所以天降黃雨

像一隻鷹
想要展翅飛翔
卻發現灌了鉛的天空
連呼吸都不可能

那時候我們以為一次的相會
就是生生世世了

每年今日

每年今日
唱子夜的歌
並不怨懟
唯獨年復一年
在今日特別
感到悲傷
而衰老

親愛的
死亡於左右為伴
我僥倖地過了
每一年的今日

滿懷感激於死亡
並未帶我而去
到他方

親愛的
你是大醫之王
卻無以根治
我的悲傷
子夜的歌宛若
夜鶯飛近尖刺的胸膛
勇敢，激盪，鼓脹

親愛的
你睡著了
你雙目炯炯
戍守於夢的邊疆
在子夜的一首歌中
鯨魚破浪
飛入了天空
其鰭化為翅膀
去擷取最亮的那些星星
淬鍊成鑽
啊串織並鑲嵌
你的眠床

你的眠床之旁
有一群天使用唇語
在低唱，我的子夜的歌
子夜的歌充滿了祝福
卻不免憂傷

我的青春
我的中年
我的蒼老
我的死亡
每一年的今日
都圍繞於你的眠床
眠床之旁

我的強迫症

涼風起時
我是迷路的狐狸
在山丘上定定看著太陽落下
昏月升起

我不斷的撥打電話
撥給來世
撥給前生
撥給今生的你

你的音聲
你的白髮
你終究會老去的身體
都是我的強迫症

天變冷了

你眼角的淚珠
俱已成霜
花香冉冉
一群長了翅膀的鹿啊
在奔跑，不，在飛翔
你的雙眼藏納了
天地所有的光
你是光之中
冉冉花香

體溫的鵝絨

你呵出的氣啊
是瀰漫一切地乃至大海的霧
霧中你隱約的臉
是最美麗的風景
冬季裡你頸上的圍巾
包覆的脖子
是天鵝之頸
你的體溫
啊宛若溫暖的鵝絨
就讓雨雪霏霏變成暖冬

有二鹿

霧中有路
在霧中有樹林
小溪和野花
霧是一條路

霧中有鹿
黃金之角銀之足
有鹿踱步前行
霧是鹿的衣服

在霧中
有二鹿啊
踩著踱著同一種腳步
走到了二月二日

二月二日

二月二日
你的日是我的夜
夜的眼睛看見日的全貌全形
清晨的陽光將你喚醒
有鹿林中而行

確然如此，清晰如此
你的靈魂是我累世的眼睛

有鹿

有鹿奔跑
敏捷而強壯
鹿的下腹
乃一面緊繃的鼓
為森林擊鼓
而歌唱
精靈們都現身了
圍繞著鹿
一起跑
純然的愉悅
如雪

雪飄飛之時
看不見的翅膀
沒有目的愉悅
自然不需要方向

有鹿奔跑
眼睛發出炯炯的光
從白天跑到了
薄霧的夜晚
天地都泯合於
一線
一線探照般的金光
金光的盡頭

有路

凡行經處皆有路

路上百合為食

食之可以已憂

有鹿

有鹿奔跑

奔跑

在你的一個毛孔裡
我不停不停的奔跑
跑到了百合綻放的海
亮晃晃幾乎要燃燒的月亮

我一直奔跑一直
奔跑奔跑
在你的一個毛孔裡
像一隻銀狐
在廣袤的雪地上
奔跑

在感覺你胸悶之時
你，一定有悲傷吧
我以為那時宇宙正在崩解
而忍不住停下來
仰天嗥叫

我的眼睛充滿黑夜
你的胸膛即將天亮

夢海

寄住在你
夢之海
我的靈魂因而
生出了鰭
長了鰓
一直游到
海水乾枯的那一天
我的眼淚將會注滿
你夢中的海

太平山上星光下

三首

必然

孤獨的光
孤注一擲的
將所有的光全部
放射，照亮了
愛和死所化現的
山脈和海洋
諸神都在空中
飛舞，旋轉
他們都哭泣
泣後微笑

他們聆聽我
為你朗讀一首詩
詩是強光
眩暈是必然的
失去方向的辨識
也是必然的
愛與死是必然的
諸神啊諸神的哭泣
也是必然

風吹過所有的星星

宇宙中自由去
來的風正是你啊
你的呼吸
風吹過
星辰便輕輕的
顫抖，像風鈴
輕響叮叮

一呼一吸
便是一劫了
有些星星死了許久

光才照到地球上
我從地球的一個角落
感覺到風
風吹拂過所有的星星

所有星星的生
所有星星的死
都是你
你的呼吸

淚光

星星死亡的時候
我知道
無盡的虛空是不哭泣的
因為生或者死
星星的心和灰燼都在虛空的內裡

我不能太靠近你
也不想言語
像鷗鳥飛在大海之上
滿天燦爛之中
充滿了死去的星星的淚光
一滴，又一滴

輯二　咒語

然則這個秋天無恥的竊取了你的臉對於這一切我感到如此的厭倦

字與詞

錘鍛的痛楚，銀的喜悅
巴黎的蒙馬特，梨子與鴨的氣味
如此美麗而又絕望，吳哥窟的傍晚
虬盤的樹根穿透了廢墟
愛是盾，恨的言語是箭矢
當你虛弱之時，無論身在何處
我都願意在你旁邊
DEPAKINE與LUVOX
噪音的副作用，譫語是可能的
謝謝你賜予我簡單有力的字與詞
這個世界所匱乏的信任和承諾
謝謝你的字與詞如此讓我豐足

椅子

或許我存在於這個世界
對你最好的方式
是成為一張椅子

沒有欲望
沒有思想
早晨時你坐在椅子上
啜飲咖啡，隨意翻書
著了涼的你
打了一個噴嚏
我繼續用不變的姿勢
環抱你

四周溼冷

12℃

臉之書

空氣中的溼度是一本書
日照凛凛也是
蟬鳴和柳枝下大大美好吹
過來的風也是
一本無字的書

天空是你的臉
那些美麗的雀斑正是
繁星點點
夜晚是一個祕密的螢幕
啊你的臉的書

境外之石

你思想的額頭
不，思想的原型
無盡無邊濶遠
空隙中星辰羅布
適足以讓我盡興奔跑
奔跑，每一個巨大的空隙啊
都像是你一個毛孔
在彼，充滿祝福
沒有咒詛
我轉頭，並未化為鹽柱

那是你之前的居所
夜與日，隨心念置換
溝通，並不需要任何言語
你思想的額頭
用極簡的形體建築了靈魂
以及幻化自由的夢
夢是你思想的原型

我在你思想的額頭的
每一個空隙中
你的毛孔裡奔跑，奔跑
沒有時間的刻度所以
沒有開始，更不會結束

有時不小心跌倒了
我仍然如此興奮的呼叫
完全忘了應該疼痛

啊太初之初
一顆境外之石
就是我們的飛行物

青田街飛行

樹影篩過了陽光
熱氣變得綠且漂浮
一棟灰色的建築在酷暑蒸騰中如
鴿之展翅
忍不住，想飛起來

一名女子
從街頭走向街底
從中年走向了年輕
啊一個穿有白舞鞋的小女孩
在炎夏的台北踱步，旋轉，跳躍

請不要阻止她
讓她牽著綠色的樹牽著不快樂的我
一起飛起來

汝窰瓷瓶

一汝窰瓷瓶
宛若鴿子鼓足了氣囊
想要發出聲音來
卻又枯禪寂坐
動不得也
飛不走

我累了，累了
夜裡它總哀求著
用力敲擊吧敲擊我
將我打破

無題

流刑地也有星星
那是愛人的眼淚和腐草
一起化為了流螢

秋天到來之前
你是禾稈
我是駐停其上複眼的蜻蜓

咒語

身體不再發出咒語
眼神遠如南北極
語言是貧瘠的土地再也
再也長不出果實
以及奇蹟

常常在煎好一顆荷包蛋
那樣短暫的時間裡
有人已經決定愛你
或者不愛你
愛只是喃喃之咒語

暴雨的縫隙

我努力的想要穿過
暴雨的縫隙
害怕
靈魂淋溼了
像紙泡在水中
糊散一地
靈魂是向你租借的
所以必須還你
身體是向無常租借的
不知何時會連同所有的遺憾
一起還諸天地

只有心
是我自己的
我穿過了天地之間的暴雨
暴雨中的雷鳴電擊
遇見你
將一個許諾過的微笑
還給你

提頭唱歌

大塊大塊的雨
拋擲而下
像一把又一把
透明的刀
刀光與刀光之間
所有的神鬼
慌慌避走
有人
在雨中提著頭
唱歌

* 午夜睡前，擬想如果李賀寫現代詩，或約略如此。

無題

雄雞啼叫的時刻
鬼都破了膽
苦苦的膽汁噴向天空
染黑了月亮

親愛的
我們無法不沉浸於憂患
大海逐漸結冰了
游行的鯨魚
將被凍僵

＊仿李賀現代詩偽作。

霧中鳥啼

花開的時候有霧
霧起的時候有三兩聲鳥啼
鳥啼裡我看見你的手
穿過了重重的霧
觸碰了
我的頭

我的頭
是女媧煉石補天時
棄用的一小塊殘石

那時候
造化因之有了
輕輕的一聲嘆息

＊幻想李商隱寫現代詩。

大雪滿衣裳

天，看著大地
你看著天地間的大雪
我看著雪地上
你的足跡

掬掌為缽
裝滿了雪啊
向天地化一個緣
大雪滿衣裳

長谷寺牡丹

長谷寺的木階梯
一望無邊際
像生生世世之路
曼曼其脩遠兮
只有一條路
不能回頭
觀音就在山頂

季節推移下
牡丹的盛開也
不能回頭

就如此熱切的綻放了
白的雪球
紅的火
雪中，我是你的火
花開的時候
原諒我
為了美而忍不住
耽誤了行路

茶花抓破臉

碗大的茶花在子夜
抓破了臉
為種下它的逝者
而鬱鬱累累
縱使庭院裡
十數種的花喧鬧爭豔

一隻鹿
載著逝者而來
露水浸溼了月光
逝者望向亮燈的屋內
徘徊又徘徊

嘆息復嘆息
終究捧著他心愛的
茶花的魂魄而去

空空的銀碗盛滿了
天地間的雪
露地上留下他的足跡
雲遊的魂魄
捨去了
累贅的枝椏和身軀

＊朋友父親生前所種的茶花，在他辭世後迅速枯死。

當我死亡的時候

當我死亡的時候
我的心會碎裂成千萬顆
星星，並且發出光
遍照你所有行經的方向
那是我對你的禮讚
所以我禮讚十方
你抬頭而望
最深最冷的夜晚
也會有光
當我死亡的時候
你可以露出微笑
莫要感傷

生生世世
此生最重要
當你愛自己
愛自己的眼耳鼻舌
愛自己的肩頸肘膝
愛自己的手指足趾
愛自己的每一個毛孔
每一個細胞
像愛憐無數眾生那般
愛上自己琉璃般
明澈的心
你會看見

所有的星星
都為你燃燒
為你放光

輯三　讓我用詩回答你

在最痛的地方打開了
最遼濶的海
一隻被製成標本的
蝴蝶飛了起來

讓我用詩回答你

那些未完成的詩句
是我的感激
你眼角的一個毛孔與
下一個毛孔之間
相隔有十萬里
你是巨大的神力
所以我必然失去話語
請容許我
以心跳和詩回答你

世界的孩子

爸爸
炸彈轟轟
大海是一盆滾燙的水
媽媽
子彈咻咻穿過
月亮月亮的臉在流血
即將閉上眼睛的
我的身體裡面
好冷好冷的冬天

媽媽，爸爸
我在這片沙灘躺著
我想念你們的眼睛
正在燃燒
像是太陽，像是月亮
照在這個世界

＊為了二〇一五年九月隨家人逃難，卻喪生於土耳其海灘的敘利亞男童艾倫・庫迪（Alan Kurdi）而寫。

海嘯過後

這個冬天
無預警的崩解
海嘯捲起陸地推擠丘陵
以狂獅撲殺稚兔的姿態
撲過來
澈澈底底
撕裂
壞毀
只剩下
失去所愛的人
在移了位的
狼藉的沙灘上

86 87

哭泣，為那些無法辨識
腫脹的或腐爛的軀體
哭泣，那一具是我
那一具是你

在大地震過後

在大地震過後的，瞬間
餘波一再聚集
無窮的地力旋升復旋升
變成了海嘯
淹沒所有的土地

再也沒有各大洲之分
不再有赤道
北極或者南極
人類的歷史
回到空無的世紀

在大地震過後的
海底城市
倖存的我們進化為人魚
不再使用話語
以眼神交換快樂悲傷和祕密

我搬運廢墟中的石塊
為你建造一美麗的穴居
披著彩藻，戴著珊瑚
海豚是你的車乘
日出時我們偶爾浮上海面嬉戲

不再書寫為記
毀壞的歷史通通過去了
不再有驚呼、哭泣或死亡
海底是我們的土地
我們謹慎的避開汙染的海域

輓歌

——為林冠華而寫

吃了兩顆悠樂丁
或許再一些些時間
我就可以沉沉睡著
不必為一位陌生的孩子
而流淚而一群毒蜂
螫心的劇痛和哀傷
課綱和教育部太重了
地球都感到苦惱

或許我會做夢
夢裡有白煙化為鴿子
鴿子自由的飛行
和思想

極輕的煙
沒有重擔
但我希望撲滅炭火
沒有煙
沒有鴿子
只有我並不認識的你
在天空白雲之下奔跑

你和我的孩子年紀相仿
你的死亡
讓我胸脹欲裂
像一隻鴿子鼓起氣囊
卻發不出咕咕
咕咕的悲傷

＊二〇一五年，反課綱調整的學生林冠華燒炭自殺而身亡。哀傷使我的心想不出任何一句話可以來表達我的哀傷。

熄滅

——哀悼四歲的劉小妹妹

一個小燈炮熄滅了
天上的太陽
為什麼還在發光呢？
我忍了一天
不敢打開電視
怕自己的心會碎裂成玻璃片
但終究開了電視
忍著鼻酸
我看見這座島嶼每個人心中
一個又一個的燈泡

因為一個小燈泡
都熄滅了

＊二〇一六年，為「內湖隨機殺人事件」受害女童「小燈泡」而寫。

輯四　觀音的汗水

在你的心至為明亮的地方
不知為什麼
我卻感覺到憂傷
那時候我在你的毛孔中行走
我在你的毛孔中四顧徬徨

日出東方

神一呵氣
便成為巨柱
揮舞著
擊碎前方所有的礁石
紫玉船一路航行
順暢，無阻
海豚列隊
於波上飛旋而舞
群鯨在四周護衛
如靜音的武士
風吹過玉帆薄如紙
彷若敲擊琉璃

又有怨，如笛之聲
你站在船桅之上
手指之處，便是日出
日出東方
照耀你
照耀你的臉，你的身軀
祝福你，永遠平安幸福

紫玉船航行

紫色的玉船
啊航行於大藍之海
白色的雲絮
自由去來
神使動雙臂如槳
載你，到想去的所在

六十年後
紫玉船載你到
重生的地方
金絲銀絲滾織的褥被

將你裹抱
你哇哇啼哭著

神啊不禁流淚
想起了今天馬上就要過了

日出說法

空空的玉山主脈與
阿里山脈之間
什麼也沒有
除了雲海
魚肚白的雲海
原先是闃暗的黑夜
黑夜中無數睜大的眼睛
是生生又世世
累劫以來的
等待

相較於無始劫來
這些何其年輕的山脈啊
雲成大海
雲中有人在歌唱
樹神山鬼，一葉蘭和紅檜
眼前這幻化的種種啊
等待著日出
日出照耀大地上的一切
如此平等
如此明亮

那是神喜極而泣

去年的莢果
懸掛到今年的綻放
花的清黃
羽狀複葉的蘋果綠
既對比又押韻復融合
顏色的詩詩的奇蹟
落下時黃金之雨
站在阿勃勒樹下
戀人們知道
那是神喜極而泣

觀音的汗水

你身上毛孔所
沁出的汗滴都是
一粒又一粒
黃金的米粒
你身上每一個毛孔
都流出一條大河
所有饑渴的餓鬼
捧飲了河中水
終於流出了眼淚

合掌

我向你合掌
有一世你對我行布施
我記得
你分了食物
讓素面相見的我果腹
我向你合掌
有一世啊當我行走山徑
你走在前面
發出歌聲
並為我移走了斷枝
以及亂石

我向你合掌
有一世我哀傷的時候
你給過我
溫暖而慈悲的眼神

是以我向你
深深合掌
你曾經是那星辰
荒野中指引
我走出那困頓迷途
深深合掌
啊我向你合掌
你是大海

我是嬉遊的鯨豚
你是高山
我是盤繞你的白雲
雲化為水
流向了大海
又蒸騰為霧為露
露溼了你所化身的
花草和樹木

我向你合掌
十次，百次，千次
千千萬萬次的合掌
都不足以表示

我萬分之一
算數譬喻所不及的感激
此生，怕又來不及了
更何況你
我看到你的眼光中
是啊有著無數的
生生世世

回到吳哥

想起來
那是數百年前的事了
我是一名吳哥的石雕人
習藝十載
被選入新城中
刻鑿世間最尊貴的佛陀
花了半年的時間
磨光石面
慢慢地勾勒線條
從佛陀在兩千多年前
那剛洗過河水的

靜好的腳趾開始
以鑿，以斧，以錐，以鑽
花雨飄落的肩膀
轉大法輪的雙手
衣物上如大地星羅棋布的溪流
那自然流動無有煩惱的皺褶
慢慢雕刻，一直到了
佛陀的臉容

那觀因緣了生死的臉
應該是什麼？
那善解無所不憐的臉
應該是什麼？

那天人之師的莊嚴
又當如何？
眼睛該睜開多少來看世間？
嘴角該含笑呢抑或無比肅穆？
經云佛有三十二相
八十種好
我從清晨打坐直到黃昏
去想像眼觀鼻，鼻觀心
而一無所獲
心急如焚的我
在城中無狀，無狀狂走

強敵暹羅攻擊經年
宛若森林大火
丁甲死傷無數
雕刻人的我也被徵召
將入行伍
離開的前一夜
我看見一名逃難的孩子
我將他的面雕成佛陀的臉
大霧將散，陽光乍現
我看見佛陀的臉
眼角泛光
不知是露水還是淚痕？

爭戰數月
暹羅以象陣利甲
震動了土地
我以長矛劈刺了許多人
他們哀嚎驚恐的臉
常常在短暫的眠中浮現
戰事稍歇的午後
我在溪邊洗淨
血汙的臉
脫下沉甸甸的甲冑
像卸去重如須彌的
罪與孽

而你恰是
恰是暹羅來的將領
騎在馬上，面如滿月
耳垂及肩
天明前的血戰
疲累的幻覺中
我以為那是佛陀的臉
遂定定望向你
動也不動
千軍萬馬之中
你拉滿了弓
一箭，射穿我的甲冑
我的心窩

終於可以逃離這場戰爭了
我如釋重負
神魂如煙如霧而飄出
殺伐之聲歸於死寂
汝欠我債，我還汝命
經云佛滅度後
諸國為爭奪其指骨
而殺伐不絕
此生，我雕刻佛陀
你以利箭射我
為我演繹
以是因緣經百千劫
常在生死

今日回到吳哥
氾濫的季節已過
洞里薩湖魚蝦滿滿
在難以數計的遊客中
我看見自己雕刻的佛陀
已有風化殘損
肩上長出了草和小樹
在人群中
我認出你的臉
那無瑕的滿月
我顫顫地伸出手
想喊住你
一支箭將飛射而至

而你倏忽消失於人群之中
我奔走於廢墟之間
一無所獲
我以匍匐之姿爬上了
陡直的石梯
喘吁喘吁倏忽站起
向下一望——

啊驚恐啊眩暈
爭殺的兵士哀嚎
瘟疫在腐爛的骨與肉之間
蔓延如火，燎原千里
千里之上

更多更多的人死去
你和你的國人因畏懼而返去
人與大象死了遍地
吳哥終究成了一座血洗之城
一座被時間的落塵
被恣意生長的樹林
所掩埋的廢墟

不知何時
各國的遊客群集站在我的身旁
觀看落日
他們驚呼於
絢麗易逝的美

彷彿數百年於一瞬
今生再遇
你卻迅即縹然無蹤啊
是日已過，命亦隨滅
今生的遺憾
才有來世可以期待的圓滿
我知道不該悵惘與悲傷
因為在過去生
你曾是我的敵人
也或曾是我的愛人或父母
我們擁有許多次美好的肉體
也曾是曝曬荒野的枯骨

數百年前
你是暹羅的將領
我是一名吳哥的石雕人

貝加爾湖

當我帶領找尋你
轉世的隊伍
騎著騾，跋涉千里
月初升時，我遇見你
你正用蒙古語朗誦
自己寫的歌詩
有一匹心愛的白馬名叫奔雷
純白勝雪
依靠在你身邊
如我入定時所看見
我不知所措地望著一切
不知道觀世音菩薩的化身

是白馬，還是你
你在湖邊用藏語
向我問候
神態自若而萬千威儀
問及屬於你的經卷唐卡
宮殿及諸法器
一切安好否
十二顆星星在天空
大放光明
像一只大玉瓶
盛裝了智慧與慈悲
月亮和太陽
以及諸天的眼淚

我在湖邊洗臉淨手
鋪好毛毯，請你上座
為你講完一卷經
此生我為師，為你說法
擦亮你累劫的宿慧
你為法之寶王
乘願再來
以童男之身遊戲人間
再入娑婆世界

我從懷中取出
你的金筷銀碗
起火，舀水注入鍋中

烹煮今夜的香積飯
香氣四飄，無量無邊
當風掠過貝加爾湖
低悶之聲如梵唱
諸天以百千旬之喉嚨
發出聲音
你端坐巍巍
我取出剃刀，削了你的髮
然後頂禮

我已經老了
想起那一世你化身為白馬
馱我於背，載我渡湖

免於覆舟之漂溺
此生我為了尋你
耗竭所有心力
終得見你
百千億劫啊不可思議
不可思議

當風掠過貝加爾湖
你用完飯，洗足訖
從湖底撈出一顆星星
並且將之擦亮
放在我手上

對我說：那是你彼世的眼淚
眼淚一滴
我把它藏在，冰冷的湖底

唐努烏梁海

那取經的法師
途經一國名為高昌
國王以銀盤裝盛
葡萄與哈密香瓜奉上
宛若滿滿的瓔珞和珠寶
國王聽聞佛法
頓覺往昔之日異常枯涼
渴法而脆弱的國王
不願法師離開
因為法，就在此
捨此緣會，他以為沒有人
可以拯救他

天竺路遠
必須快快啓程
那取經的法師絕食三日
盤旋於天空的鷹鷲
駐足城垣
斂翅，而垂目
城之外，是牛馬和羊羔
牠們發出了，齊一的聲響
掩面而泣的國王看見自己漂流
依舊流轉的六道
危脆的人身最為可貴若瓷瓶
而離別，就如同瓷瓶有了裂痕

夜裡有馬頭琴發出音聲
鷹嘶尖唳
隱隱然地裂
從地湧出百千億菩薩！
那法師手指北方
殷殷地告訴國王：
爾後有一世，你是上釉的畫師
有一世，你是抄經的僧人
有一世，你是打銀的工匠……
千數百年後
你將再次聽見馬頭琴之聲響
其地已不復名為，唐努烏梁海
該地名稱一再更改已為其他

鷹鷲於空中盤旋
遍地都是低頭喫草的
牛馬野兔羊羔
生死依舊循環
月圓垂地之日
宛若大銀盤
你將在草原上
嗅聞至廣無邊的香氣
瀰漫，瀰漫一切地
乃至大海洋

那裡有地，地甚貧瘠
那裡有水，水常枯乾

那裡有火，火甚飄忽
那裡有風，風極焚熱
但那地底，有百千億
百千億護衛你的大菩薩
千數百年前，這一切曾經示現過

千數百年前，我名為玄奘
我曾經為你講經
就會永遠為你說法

法爾如是

星光照到人間，已過了許多光年
雲化為雨，雨匯為河一起流入
大海，大海的浪起浪滅彷若循環的死生
師法佛陀妙智，空生萬有
百千萬劫乃為了一大因緣
年紀老了眼力衰了，心力至大至空
佛伸金色之臂殷殷付囑善男子
緣起緣滅，真心如同一月映照千江
讀心之人終會知道要因指見月
後來之人合掌讚歎法爾如是

輯五　宇宙並不掉下眼淚

我想要說的
像這個夜裡
大顆小顆晶亮的雨滴
每一瞬間都閃亮
如一顆顆珍珠
只有你知道
雨，就是我的腹語
而我只對你一人而說

佛說如此

——寫給翁山蘇姬

這幾日來，我惴惴而想
軍政府極可能
再將妳軟禁於斗室
像隨手關掉一盞燈
那麼簡單而已
他們對妳總是，捉捉放放
天空的星星亦復如此
明明，滅滅
像無數的人在眨眼
我們的生命於呼吸之間
吸進了草味花香
也會吸入熱燄和毒煙

生生滅滅，歸於虛空
心是我們最大的祕密啊
佛說如此

佛說如此，妳應該了然於
革命成了，是期待
最後更可能失敗
以無所得故
佛說如此，知肉身艱難
只有心，可以飛行自在
金色金光，白色白光
捉捉放放的二十年
不過是，一彈指

但有無窮的慈悲和願力充沛
周行於緬甸，和人間
星星明明，復滅滅
經過無數的光年
照到了妳的臉

我在電視上看見
妳已老去有一日也會死去的臉
臉上的雙眼
閃現星星般的光芒
穿越無數的光年
我的心，剎那如電
彷彿看見無數的星星

心甘情願地燃燒自己
放散更多更強的光
佛陀並未跟我說話
啊但我知道那是慧命
如火炬燃燒自己
卻不喊痛

我，一個妳永遠不會認識的
陌生人，在電視之前
在無窮無盡時空的剎那緣會裡
感到呼吸
如此接於虛空
虛空之中什麼也沒有

又彷彿無數的新星正在誕生
而為妳流淚

就在此時
無窮無盡的黑夜中
星星，一顆一顆的滅了
又一顆一顆的亮了

仰光城的布施

——擬想翁山蘇姬

天亮的時候
他們嚴守戒律
入仰光大城次第行乞
我們緬甸的僧侶
這一次並非持缽化齋
而是請大家
布施無畏不恐懼
兩千多年後
佛陀的弟子身著紅色袈裟
出現在，全世界的電視裡
一衲一履，別無長物

用色身之肉體
去承接棍棒、催淚瓦斯
以及子彈
子彈穿胸而過的淒厲

之前他們步行到
我被軟禁的寓所前
我短暫的被允許
在窄窄的門縫中
向他們，合十敬禮
啊一群無有畏懼的僧侶
行走在佛陀之國的土地
他們的色身所在

愛之相繫
手足心肺，頭目髓腦
都只不過是，幻影而已
一個又一個幻滅的泡影
啊不，是一位又一位無畏於
赴死的僧侶
他們的血，化為不滅的涓涓滴滴
流入，流入母親的河
伊洛瓦底江裡
永遠灌溉緬甸的土地

軍政府依然屹立
沾滿了血的政權

由中共和俄羅斯暫時撐起
他們終究會崩解
輪迴於，無間的痛苦裡
日後還是會有
身著紅色袈裟的僧侶
為他們悔懺祈福
雖然他們開槍
縱使他們殺人
日後還是會有僧侶
為他們祈福懺悔
佛陀的弟子
利他第一，無有所懼
頭目髓腦悉施人
如此而已

如此而已
世間最大的布施
無畏而已
在靜如死域的仰光城中
在我被囚禁的住所外
我佛慈悲
為那些被槍殺而棄擲的
僧侶的身體
逐一擦拭
並且清洗
啊一群最大的布施者
安睡於，緬甸的土地

寂寥

——詩呈林文月教授

我想我知道精神寂寞後回首
人間之寂寥，恍兮惚兮
一如初冬的芒花
渾欲抽高，如是淡粉點染紫紅的穗心
次第，宛若花火向外垂展
隨著時間和節氣而
皴擦，終將轉為白灰中透露出
微悟的淺淺金黃
時間，是一隻鵬鳥
怒而飛，其翅翼飄落下
落下的一些羽毛正是遍山

初冬的芒草所開之花
一如，腐草化為螢的
初夏之想。你走過並駐足
遲疑著，又彷彿凝神而望

天地以一貫的節奏
於晝放明，臨夜旋暗
你駐足，感覺冥冥中有一隻
大鵬鳥摶扶搖而上
奮飛過後
天空什麼都不留下
啊天空的寂寥恰巧正是
這些彳亍掉落的羽毛紛紛

於虛空之隙化為陽光啊化為這些芒花
陶謝也踱步，感懷而有詩
凝神於物而
物之有神
正因人之有情
正因人間看似蕭索其實
全然無邪而不免哀愁的張望

春與秋如一晝夜過了
一隻飛過的大鵬鳥就如此
凝天空之神於
千年之一瞬
一隻搓手的蒼蠅

一套譯就的源氏物語
或一次海邊望遠而感覺
遙遠的感覺
寂寥的前方乃物之哀
寂寥之後頭乃虛空之有涯
無涯者，唯精神寂寞耳
所以，譯就源氏物語那一日
你的踟躕
你的獨立而徘徊
你的寂寥
宛若煉彩石以補天
補天之後，回到人間

看見芒花開了遍山遍野
啊一隻別人並未看見而已飛過
天空的大鵬鳥

＊目宿媒體「他們在島嶼寫作」第二系列，由齊怡導演拍攝林文月教授的紀錄片；我曾接受劇組受訪，談林文月教授書寫之特色。又，「日本國文學研究資料館」等六個單位共同頒發的「日本研究功勞賞」在二〇一三年十二月，於東京贈獎給林文月教授。有感而寫，推敲琢磨林文月教授的文學精神，秀才之禮，謹以此詩為賀。

在池上

——記蔣勳先生「池上日記」畫展

畫筆的速度是啊
比不上天地
變異生滅之速度
才收成不久
農人火燒稻禾為肥料
大地這張紙上
遠望，書跡勁秀
近看又盡是墨痕斑斑

才一眨眼
遍地都是油菜花之亮黃
暈染了冬天的光
時空為之殷勤一一點染
整片地上都是黃蝴蝶
正午時刻宛若翅翼接近螢光
停駐於綠色莖葉之上
款擺，搖晃
恍惚又似黃色的海
黃色的波浪
細微湧動
時空因之有了
有了震盪

畫筆的速度
確然是比不上
那大地每天都示演的
變異生滅
雲瀑有時毅然流下海岸山脈
而又纏綣不捨而迴旋往上
所以大地望之儼然
有若仙鄉
是啊你筆下的池上
別有天地在人間
不在天上

就像大坡池旁的林地
破曉時
林木深處
宛若漏斗流出了白光
乳白，瓷白，象牙白
百合白，紙白
啊白中之白

黃中之黃
綠中之綠
白中之白
你的畫筆遂追隨自然
乃知生生

不息者是光
光，顯豁萬有
大地本來面目
法爾如是
自然，而然

如此翠綠

——題記郭豫倫畫作"So Green"

破曉的光
一如極細極細的銀粉
裝在黑漆木盒裡
訇然被灑出去

那些在荷葉上滾動的
我們分也分不清
究竟是露水，還是淚滴
是愛，還是別離
翡翠綠與朱砂紅的蜻蜓
從生而來

短短的駐停
旋即鼓動翅翼
向死亡，飛過去

風吹過荷葉
若舞者，而搖曳
每一個凝止的瞬間
像枯禪寂寂
睜開眼
如此如此翠綠

鏽的時刻

——為郭思敏「形，和他的遊戲」個展而寫

境外飛來的石頭
張大了嘴巴
想說些什麼呢？
情緒、感覺與愛恨俱歸於一
一切即一
極淺而跡近於無的
喜悅和悲傷
像無伴奏的巴哈
擱淺於象牙白的
液態與固態之間的
半凝結的月光

一如肉身在朽壞前要活過
要站立在大地之上
鐵，一接觸空氣
便開始生鏽了
生鏽，彷彿自由的意志
如此很好
不需要特別為之悲傷
在時間盡頭的地方
一個物件
以不可思議的方式
向宇宙，發出他的信號

火中諸神

——觀吳耿禎剪紙

羚羊掛角
火一般竄生的角
無跡可尋
山與樹之間
是火雲

許多古老的神話
刑天、炎帝、蚩尤
我們專注的看著
剪紙，紙上的風雲滾滾

一張濃縮的山海經
火中的羚羊
火中的諸神
心的蹄痕

宇宙並不掉下眼淚

——送于彭

成為星光
成為晨露
成為風
風吹著一串串的星星
像珠簾叮叮
你撥開天空的珠簾
無盡的虛空中
啊是更多更多的星星
遂有些千古寂寞啊
練余心兮浸太清

一座山是墨
大地是硯
千年的靈椿是筆
你揮筆
筆補造化
寒露凝結於
一切花瓣葉尖
宛若來不及滴下的淚
冰魄水魂
俱都黯然凝結了
是不應該傷悲的
我獨立在你的畫之前
巨大而自由的風

從宇宙吹來
宇宙並不掉下眼淚

安安靜靜的睡吧

——給黃國峻

長夜埋葬所有的光
夜間的哀愁滿滿
啊這個世界
理當令人感到悲傷

你那些嘔出心
乃已的字與詞
幻化為點點螢火之光
在水澤之畔
閃爍，而且明亮

啊朋友，你累了
你的心情我可以知道
最真實的顛倒夢想
都躺回了字裡行間
那以瑪瑙珊瑚和
琥珀珍珠所串織而成的眠床
睡吧，睡吧

無論何等人什麼事物
都再也不能侵擾

安安靜靜的睡
安安靜靜的睡吧
天上千年，才有一次破曉
那一次天亮，恰巧是六月二十號

我們都是大樹上的葉子

——為郭旭原、黃惠美而寫

我們都是一棵大樹上的葉子
是樹上之葉，無常的風
一陣風吹過
我們有的仍在枝頭
有的忍不住飄落
過去，現在，未來
佛陀都在這棵大樹下
不可思議的入定
不可思議的宣說

佛說：看哪！這棵大樹
從無始劫來
就長在這裡
葉子從青翠，轉為枯黃
而終必飄落，飄落在地上化為養分
滋養新生的葉子
新生的葉子常常忘了他自己
也曾經枯黃，飄落

我們都是一棵大樹上的葉子
佛陀如是殷殷而說
他望著樹上一片將掉落的葉子

溫柔的說：我將會
我會用我金色的手臂擦拭他
當他飄落之後
像是用金色臂撫摩一弟子的頭
提醒他不要忘了
一棵樹上無數的葉子，共有一個樹心
無數眾生，共有一顆真心
佛說：而真心，是不會死的

我們都是一棵大樹上的葉子
從無始劫來，這棵樹
就長在我們的心中
有緣、無緣的我們都是樹上的葉子

翠綠的時候，好好翠綠
飄落的時候，不罣礙的飄落
而佛陀從來都
安然的坐在這棵樹下
任憑無常的風，吹過

在佛法的屋子裡

——擬想星雲大師寫「一筆字」書法之時

在佛法的屋子裡
星辰日月井然
雲河之外，還有高天
天外有天
乃至無數三千大千世界
然而這一切本是
心生萬法
空空，如也
因為早年過度飢餓
而得的糖尿病終致

我的眼睛看不清楚了
這個世界現在看來
越像煙塵般因緣和合而成
肉眼衰退
這樣也很好
心眼更開了
偌大的紙面
等著我的毛筆
一筆而成，揮毫立就

寫完的那些字
我的眼睛是看不到的
但我的心，如此了然

如果能做一名剖心羅漢
這些字就是我的心了
眼耳鼻舌身意
六根互用
空白的紙面宛若一座山
唯願寫下去的那些字
應該有鳥啼花放
一切色聲香味觸法之後
月滿空山

就像我常喜愛書寫的
「法同舍」三字
本是佛寺的稱謂之一

如果回到字的本來面目：
有佛法，而同一屋舍
是啊！我們都住在
佛法的屋子裡
有您真好！

如果您看我的字
發現感動最美
我知道或許不是為了我的字
是為了佛法給人因緣
好因好緣，心佛不二
迷為有情，悟即是佛！
禪是什麼？如是如是

橫豎看不清楚
一筆而就的這些字
就叫作「一筆字」罷
以字為布施
以字為燈
在佛法的屋子在我們的心裡
是沒有黑暗的
祝願有一天
您必成為覺者
而我，願生生世世在人間
做一個平凡的和尚

做一個平凡的和尚
繼續寫字
讚歎供養諸佛菩薩
是啊，法界唯心
一心不二
如是如是

＊二〇一一年歷史博物館舉辦「雲水天下：星雲大師一筆字書法展」，成詩一首，以為賀為祝。詩中許多文句係星雲大師此次書法展的內容，我將之寫入詩中。「我願生生世世在人間，做一個平凡的和尚」為星雲大師發願之語，敬謹記之。

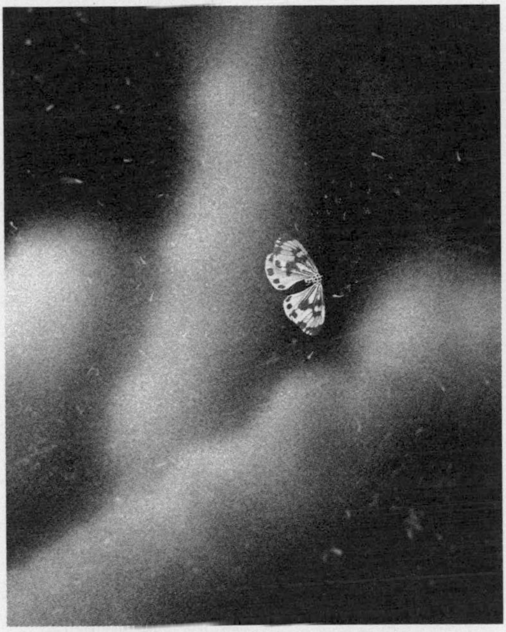

後記

我不得不

許悔之

我們的心，就是一本又一本仍未結集出版的詩集。

詩是我的火眼金睛，但我知道自己還被囚在煉丹爐裡，想要推開爐蓋，因而奮力拳打腳踢。

燒到最後連火都化不盡的那些就是真身而我只能給你我的真身實際上我就是你的真身——這或許是詩自身能召喚同感的能力，所以寫詩讀詩還存在著意義。

有時候，詩是我安靜自燃的餘燼。

詩是我對這個世界的抱歉和還禮。

餘燼、鑽石原本同一物。

關於詩，最有意思的地方，在於真正的詩，藏在詩句之外，以及詩句之間。字之於詩，並不若字之於散文小說，是故事或意旨的載體，在其中字，僅僅就是字面的意思。字之於詩，像線條之於圖畫，它既是詩的組成，卻又不是詩的本質。字勾出詩，而詩，超出字。

距離上一本詩集《亮的天》在二〇〇五年出版，十二年來，我寫的詩——長的百多行、短的三兩句，當然超過這本詩集所收錄的五十五首。

有鹿夥伴彥如挑出了五十五首，並取書名為《我的強迫症》，我欣然接受他們的選詩、分輯、設計及一切編輯主張，並未申辯。

因為詩，就是我在這個世界為「生」和「美」所撰的答辯書，一首詩完成的時候，我就自由了。

有時世界的齒輪空轉，但我知道法輪常轉。

距離空中妙有還那麼長久，路曼曼其脩遠兮，所以我不得不繼續寫詩。

謝謝詩！以及其他一切美好，使得我在這個世界懂得並學會了一些些，悅納自己。

心

春天的水滴
你的眼睛
夏季的水珠
你的汗滴
秋天的水滴
路上的露
冬季的水珠
眨眼的星
你的眼睛看著
森然的萬物
在這裡一切屏息
啊　你的心

吳慧貞策展／梁豫漳設計創作／許悔之詩作／新北市新店區公共藝術《靜謐之心》（吳慧貞攝影，禾磊藝術提供）

看世界的方法 121

我的強迫症

作者　許悔之
裝幀設計　吳佳璘
責任編輯　施彥如
照片提供　林煜幃（封面，185，187）
　　　　　禾磊藝術（191）
審校　謝恩仁

董事長　林明燕
副董事長　林良珀
藝術總監　黃寶萍
執行顧問　謝恩仁

社長　許悔之
總編輯　林煜幃
副總經理　李曙辛
主編　施彥如
美術編輯　吳佳璘
企劃編輯　魏于婷

策略顧問　黃惠美・郭旭原・郭思敏・郭孟君
顧問　施昇輝・林子敬・詹德茂・謝恩仁・林志隆
法律顧問　國際通商法律事務所／邵瓊慧律師

出版　有鹿文化事業有限公司
地址　台北市大安區濟南路三段二十八號七樓
電話　02-2772-7788
傳真　02-2711-2333
網址　www.uniqueroute.com
電子信箱　service@uniqueroute.com

製版印刷　鴻霖印刷製版傳媒股份有限公司

總經銷　紅螞蟻圖書有限公司
地址　台北市內湖區舊宗路二段一二一巷十九號
電話　02-2795-3656
傳真　02-2795-4100
網址　www.e-redant.com

ISBN：9789869416894
初版：二〇一七年六月
第二次印行：二〇一九年四月二十日
定價：三三〇元

國家圖書館出版品預行編目(CIP)資料
我的強迫症／許悔之著
—初版—臺北市：有鹿文化，2017.6
面：公分—（看世界的方法：121）
ISBN 978-986-94168-9-4（平裝）
851.486

106007683